我逼近如此如此逼近

……遍过了你的落寞

但人间曾有盟约

海子佚诗

海子 著
李文子 编

中国文联出版社

1974年1月，安徽省怀宁县高河公社查湾大队永红小学毕业照（前排右一）。

1979 年 9 月，刚考入北京大学法律系的海子（中）与同学在北京动物园。

1979 年 10 月 25 日，海子（右二）与同学在北京香山公园。

1980 年夏，海子（二排右三）与同学在北京大学校园。

1983 年 7 月，北京大学七九级法（2）班毕业照，前排右六为海子。

海子（前左三）与同学在长城。

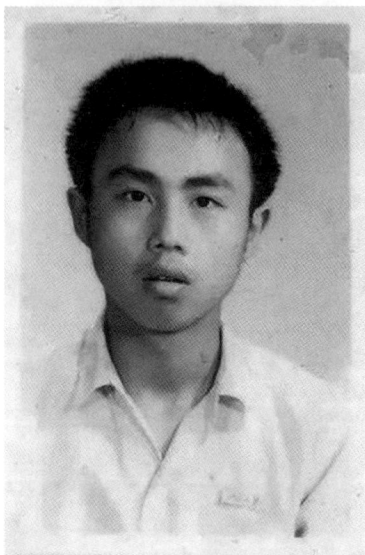

1983 年 7 月，海子在北京大学的一张证件照。

1979 年，刚入学的海子在北大图书馆前。

1984年7月，海子在中国政法大学校刊任编辑期间，于京郊十渡（或猪窝）留影。

1987 年初秋，海子在昌平军都山铁道旁。

目录

附：译美国现代诗 4 首

后记

1987 年夏在昌平十三陵（孙理波摄）

人墙

在华山二仙桥，100 多名青年军人冒着生命危险，
在崖边排成一道人墙，保护游人。

1

一边是深渊，一边是人群
铁链已经脱落
死神已经临近
临近

一个年轻的声音就在这时响起来
伸出我们的双臂
危崖边
顿时升起一片灿烂的红星星
亮闪闪

群山呼应
呼应着
伸出我们的双臂

2

中国激动了

3

今天，我不是无端地
想起了蜿蜒的万里长城。而你
是草绿色的
是年轻的
二十岁的人墙
打动了许许多多二十岁的心

今天，你们的一位同龄人
不是无端地流出了
热泪
不是无端地想起了"五四"的人流
和巴黎公社墙
一面信仰的墙
支撑在中国的一座名山上
成为脊梁

/

原载于1984年3月15日《中国政法大学校讯》第4版

面对河流

在大河边，城市像一颗灰眼珠

瞅着原野

发愣

钥匙在孩子们的脖子上

开着一串串带齿的花儿

在大河边，最受人崇拜的是笨重的水管

孩子们说：水

水，给我水

金属的灰眼珠

被水沾住

一枝无花果

像人影一样

轻轻叩着

河流的门

开门的会是谁呢？

/

原载于 1984 年 11 月中国政法大学诗社《星尘》创刊号

1986 年 3 月，海子在中国政法大学政治系任教时的证件照

下雨了

条条墨绿色的影子

坐在中心广场上

早些时候　在美国

有一个戴草帽的大胡子

叫惠特曼

经常在雨中穿过广场

来到大河边

他是一株活着的橡树，结实，响亮

对着月亮和自己的血管

深深地呼吸

我是一株什么树呢

河上刮来的风

弄得我脸上到处都是灯火

手持兰花的屈原

和我站在一起

他跌进河里

我活了下来

生和死同样不容易

一想起对岸

我就变得沉默

/

原载于 1984 年 11 月中国政法大学诗社《星尘》创刊号

苹果的歌

在立交桥上

一个男人

拎着苹果

遇见另一个拎着苹果的男人

他们寒暄了一会儿

他们并没有听见

两兜苹果

见面后

正在合唱一支歌

那些种子和种树人在他们身体里常唱

的忧伤的歌

他们分手了

苹果的歌还没有唱完

/

原载于 1984 年 11 月中国政法大学诗社《星尘》创刊号

渡神

一阵铃声冬天成了林子里最后一场雪
出发的时候你不用考虑气候季节和别的什么

划过冰川月亮的年轮铁船划过所有无关紧要的说法
再一把撑开年轻的太阳再让雨季喋喋地说个不停
那里小群小群的水族和渔村互相安排成生物圈照例幸福
我们不属于它们只属于遥遥的对岸

母亲们全是满面泪痕快回快回眼神钉在帆上滑过祝祷的风
是有这样一群硬汉向前向前只愿成为渡神

堤岸弧形地捧着我们河湾一往情深的注目全都不要在意
只让紫色波浪花开放在身后的脚印里渐渐形成江湖

/

原载于 1984 年 11 月中国政法大学 83 级团总支《共青团员》
文学专号《蓝天与宝剑》

署名：查海生

雕塑

孩子……孩子
一群孩子爬上粗糙的石头

等待中的姐妹
躯干
连同湖泊上双生的白马
风
甚至忧伤
都弯弯曲曲地占领地面

靠眼睛铺平道路
靠腿站立
或者顺着伸出的手臂
和天空一起
体会突然的断裂

淡淡笑一笑……

说着
说着

1987 年夏，海子在昌平

除了他们，没有人坐得那么久
把土地坐热

/

原载于 1984 年 11 月中国政法大学 83 级团总支《共青团员》
文学专号《蓝天与宝剑》
署名：阿米子

你根本就没有见过大红马

太阳打在脸上
山峦像一片薄薄的金属
闪亮，那么短暂
岁月默默地射下几颗星

你根本就没有见过大红马

野萝卜花开了
一粒青色的小虫在自然界边缘消失
燕子挑选洁净的尘土
挑选新娘

你根本就没有见过大红马

礁石后许多黝黑的海兽生息
夜晚，小甲鱼把四条腿支起
在沙地上
忧伤地瞭望

你根本就没有见过大红马

/

原载于1984年11月中国政法大学83级团总支《共青团员》
文学专号《蓝天与宝剑》
署名：阿米子

沙漠上

原野上有一排牛皮鼓
听着
用牙齿听着
死去的父亲用沾沙的牙齿听着

饮水的声音
走过所有的额头和喉咙
对着月亮
骆驼流泪了

人，笔直地倒下去
还有影子

原野上有一排牛皮鼓
用牙齿咬住土地
咬住土地
你就是一棵树，一棵树

不会烂在这里

/

原载于1984年11月中国政法大学83级团总支《共青团员》

文学专号《蓝天与宝剑》

署名：阿米子

流浪诗人

为了流浪

我在市场买了一支枪

我把它拆开

把里面奇怪的金属扔掉

然后在空枪筒口

插上两三穗兰花

我对着天空

放了一枪

射出的都是爱和种子

我的心

只有两件牵挂

亲人和鞋店

有亲人就在这里住下

像草茎一样年年开花

没有亲人

就去鞋店

挑一双新鞋

继续走

走

/

原载于1984年11月中国政法大学83级团总支《共青团员》
文学专号《蓝天与宝剑》

署名：海生

黑森林——给渠炜

1

在黑篮子边缘
阳光离开嘴唇
我早就说了
时间还没到

一只遥远的平原
传出夜里
深刻的铸铜声
那些男子和根
那些大佛
那些钟声和蔬菜
我想，我们是地，我们是黑森林
这是最后一次沉睡。

2

那些狂乱的孩子
腥膻是注定的

往上撞，往上撞
骨血耗损多年的石碑
他们相信自己
其实是醒着的，永远是醒着的
相信天明之前
很早就有神灯

3

时间是不是
开着一种钥匙勺草
纷纷释放
东方手指
到达海上

腥膻是夜里的气味
腥膻是土地的气味

4

然后我转过身来
面对你们
请
请理解我们
请登上这些诚恳而年轻的脸
一片片辉煌的陆地

请告别

告别那古老而空洞的船

5

"一匹暗绿的老马

奔逃万里"

谁是我心头难受的火

火呢——

而时间还没到。

月亮还需要在夜里积累。

月亮还需要在东方积累。

1984 年 11 月

/

原载于 2020 年 9 月 4 日公众号"钬焉和她的朋友们"

【注】

宋钬焉是四川诗人宋渠的女儿，1992 年生于沐川。此诗
为海子早期黑色主题诗的一首，1984 年 12 月 8 日随信赠
予宋渠、宋炜兄弟。2020 年 8 月 27 日钬焉首次读该诗于
公众号，9 月 2 日海子母亲听诗，9 月 4 日"海子诗歌研究"
公众号转发。

残废运动员

我一只腿丢了

再也没找回来

我眼睛的窗户关上了

再也打不开

这些都是不完整

但我的跑道是完整的

胜利后的微笑是完整的

刚刚被早晨的太阳洗过

新鲜，使人激动

旁边的人们使劲鼓掌

我想

他们更应该勇敢善良

/

原载于《滇池》1985年第1期"孔雀翎诗页"

署名：查海生

责编：米思及

/

这是海子第一次以真名在公开刊物上发表处女作

渔人

每个渔人

褐色的瞳仁里

都安葬着一只

死去的

父亲的螺

自己的是另一只

呜呜叫着

再一次送他回到水面

把两片嘴唇

留在岸上

把儿子们留在婚礼以后

围住妻子的黑夜

渔梦

又长又险

围住妻子黑夜的

是我的语言

1988 年 4 月，海子在四川沐川县

断断续续

在海上才能解释清楚

1985 年 1 月

/

原载于 1985 年 3 月中国政法大学诗社《星尘》第 2 期

窗户——写于故乡的腊月

腊月太深太深

除了窗户，我一无所有

你的人间

只有我

我用一首诗

把你珍藏在

你母亲的

窗户里

（不知你母亲

会不会梦见我）

站在窗外

我是你的天空

为你微笑，为你晴朗

坐在窗内

你是我的夜晚

为我呼吸，为我美丽

腊月太深太深

除了你母亲的窗户

我一无所有

1985 年 2 月

/

原载于 1985 年 3 月中国政法大学诗社《星尘》第 2 期

行路人

1

和我同行的
三个人
昨晚已离去两个
还有一人
前天就已离去
但我决不回去
决不回到白天
成为笑容

我如果走
就要一直走
走得比失败还要远

2

只有月亮
装着我

和我女人

你要爱我

3

我这样对她说

将来

我的三个儿子

会怀念我的

会怀念他们出生以前

做父亲的

那一种黑暗

1985 年 2 月

/

原载于 1985 年 3 月中国政法大学诗社《星尘》第 2 期

宋渠、宋炜兄弟

日落

血日头

抱住土地

是我憨厚的嘴唇

引来一场大火

烧你呀，天空

天空

你记着你造血的男人

他横穿你

他去了土地

你记着灼热你全身的男人

1985 年 2 月

/

原载于 1985 年 3 月中国政法大学诗社《星尘》第 2 期

一壶水

背着一壶水

走了那么远的路

你要把那句简单明了的话

留到哪里才说呢

要知道

沉默了一辈子的庄稼

才是水的主人

他们被镰刀割倒

一壶水

在冬天也会变成

一壶雪花

飞出来粘在你的睫毛上

不肯再任何一个融化

眼泪够了……沉默吧

一壶水

1983 年

/

原载于 1985 年 5 月中国政法大学诗社《星尘》第 3 期

南方

"你真像南国少女"

南方浅浅的窗户下
淡眼睛
淡眼睛的小丫头
对人说
她永不出嫁

淡眼睛呀你看
对面飞来了
白蝴蝶红蜻蜓
白蝴蝶是妻子的白纽扣
红蜻蜓是丈夫的红钥匙
对于我来说
你不出嫁谁出嫁
而且
古老的灶火
一直没有熄灭

在美丽的南方

加上思念加上潮湿

小丫头

我喜欢你那对温暖的膝盖

你带着布匹

我拎着铁锅

在南方

我们避开尘土

搬家去河边

把故乡红色的山丘

当作祖先送给婚礼的帽子

一顶顶

整理好

永远永远

在岁月浅浅的清水中

我们养着

鱼和水

/

原载于 1985 年 5 月中国政法大学诗社《星尘》第 3 期

归来

"每当埃莲娜的目光

离开草原

便会产生种种灾难"

——卡蒙斯

这些天

我又跌倒在路上

你打好一盆洗脸水

等我归来

一棵长着胡子的棕榈树

从远方扑向你

家多好

多像一只安静的船

灯盏和你的头发

是典型的海洋静物

"外面呢？"

"外面仍旧是尘土。"

回来了，我回来了
漫长的雨季大雷如喜
中午你去食堂
买回四个馒头

馒头在桌子上
像黄铜一样放着光

/

原载于 1985 年 5 月中国政法大学诗社《星尘》第 3 期

埋头咏

一双旧皂靴

千里靴

在青草上

哑了

左右都是憨厚的人群

不似前日

流浪的黑马

驮着一袋子细银角，白米与小刀

在口外消失

自行车与食品商

此地最多

山外河

河外山

问一声金

插于哪条岸

住下来

我付完房租

夜里捅破窗户纸

见一见月亮

明日有雨……

谁能见李白

穿雨衣

前来铅笔店

只好

在人群中埋头

在沉船的永久地方

再沉一条船

1985 年 1 月

/

原载于 1985 年 5 月中国政法大学诗社《星尘》第 3 期

暮色中的房屋

你在早上

碰落的第一滴露水

肯定和你的爱人有关

你在中午饮马

在一枝青桠下稍立片刻

也和她有关

你在暮色中

坐在屋子中，不动

还是和她有关

你不要不承认

那泥沙相合，那狂风奔起如巨蚁

那雨天雨地哭得有情有意

而爱情房屋温情地坐着

像母亲又像孩子

暮色中，青年人

千万，千万，盖好那房子

1985 年 5 月

/

原载于 1985 年 5 月中国政法大学诗社《星尘》第 3 期

【注】

《暮色中的房屋》和收入《海子诗全集》的《房屋》相
似，但在标题和诗句上有改动。

想起了 64 年夏天

"在那一年，我出生在春天，你出生在秋天，
那么在夏天，上帝又做了些什么呢？"

太阳和哑土地
早就有了
粮食与花早就有了
在夏天的两头
坐着遥望的我们，互相伸出手来

月亮早就有了离合
水面早就大于陆地
黑胴体的树也已经扎根
在夏天的两头
坐着遥望的我们，互相伸出手来

早就有了一条山脉积雪
两块平原种麦
还有几条旧河套远远相隔
在夏天的两头
坐着遥望的我们，互相伸出手来

早就有了一家

接生的老医院

石台阶上站满了焦急的父亲

在夏天的两头

坐着遥望的我们，互相伸出手来

早就有了那颗命星

照耀着……一对尺半长的红蜡烛

早就牵好隐秘的线

在夏天的两头

坐着遥望的我们，互相伸出手来

甚至早就有了

我们

有了我们的但愿

但愿这个夏天

保佑我们的一切

1985 年 3 月

/

原载于 1985 年 5 月中国政法大学团刊《我们》编印、
吴霖主编《草绿色的节日》，此为中国政法大学第二本
诗集

无题 1

……遇见了你的笑声

我意识到我已经到达

窗户像宽阔的叶子

我扣着

我站在阳光中

动情地扣着

下决心要惊动这朵花

……遇见了你的笑声

我意识到我已经到达

草帽上停着一只蓝色的蝴蝶

1984 年 12 月

/

原载于 1985 年 5 月中国政法大学团刊《我们》编印、吴
霖主编《草绿色的节日》

无题 2

红砖房下

捏着纸

站了三个夜晚

在另一个人面前

你很严肃地走过

手心的

湿纸团还在

然后一直

一直走到墙壁跟前

还在大声地呼吸

呼吸

浸透了另一个名字

1985 年 1 月

/

原载于 1985 年 5 月中国政法大学团刊《我们》编印、吴
霖主编《草绿色的节日》

生日

诞生时手掌冒着热气
相爱时手掌冒着热气

我一直这样
没有经验

等夜跑丢一只鞋
才来到你的水边

另一只没有弄丢
只是为了被你打湿

我一直没有方向地
站在你面前

……认识了你
是以后几十年的好日子

好日子，我在人群中消失
消失在认识你的日子里

但是我非常愿意
再从你的眼睛中流出

你的眼睛
是一对结下缘分的生日

对面坐下，做梦
做一个比出生更大的梦
……啊，生日 可能从出生开始
全是好日子

四天之后
月亮圆了

1985 年 4 月

/

原载于 1985 年 5 月中国政法大学团刊《我们》编印、吴
霖主编《草绿色的节日》

预言

桂树之间的
天空

遗失一只
谁家的白羊

需要你我同时呼吸
才能牵它上路

圆缺
圆缺

进了那中园的老屋
月亮呀!

预言说：

下半夜，你家的窗户更深

1985 年 1 月

/

原载于 1985 年 5 月中国政法大学团刊《我们》编印、吴霖主编《草绿色的节日》

一间房

因为有了你

我在月亮上也有了一间房

搬进去的第一夜

巴掌大的照片

在梦中醒了三次

第一次是洪水

第二次是火炭

第三次我便起身

拿起钢笔

这是为你写诗的钢笔

取下帽子

它像一个小瘦子

款款行走在

早上稀薄的空气中

/

原载于1985年5月中国政法大学团刊《我们》编印、吴霖主编《草绿色的节日》

牧梦

"黑脸
回来啦！"
女人的喉咙里

有一层结结实实的草原
有一层夜晚
有夜晚神秘的牺牲

他的血液
靠了岸
毡房里这场婴儿的哭声
如迷失好久的雨水

他取下脏帽子
抱起马头琴

以后，从每个十五开始
月亮越来越小
直到成为
一枚纯金的钥匙

由女人握着

打开草原男性

这古怪沉默的建筑

1984 年 12 月

/

原载于 1985 年 5 月中国政法大学团刊《我们》编印、吴
霖主编《草绿色的节日》

1987 年秋，海子在昌平十三陵（孙理波摄）

死者

1

地上
一对清贫的
眼睛
一直在哭
妇人一直在哭
哭那四只铁钉和一个男人

2

那儿没有人替他脱靴子
所以他女人哭

3

森林里
这个白布包头的
黑女人
还在哭

哭月亮粗糙、粗糙

不知是谁

撕下了月亮的全部耳朵

听不见哭声

4

丧灯下

雪片像数只化生的蝶

你只有死去

土地才容得下

曾经活命的

你

5

一顶破草帽

一直挂在树上

它主人去的地方

枭鸟也难以梦见

6

女人呀，再没有一块草烟味的胸膛

可以靠上你的脑袋

可以侧耳

听听男人内心的夜晚

7

父亲死了

祖父与小孙女之间

是一座空城

/

原载于 1985 年 5 月中国政法大学团刊《我们》编印、吴

霖主编《草绿色的节日》

二子乘舟

太阳在我们身后

轻轻把门合上

六月以后

我们不再生长

七月和八月

太阳把门合上

《诗经》上说了

二子乘舟

我却看见

一只虎

追另一只虎

进入太阳

太阳把门合上

……记得那么多客人被歌声

领入神秘山谷

记得爱情中唯一沾满血迹的月亮

记得埋下谷子

大雨一生一次……

等着六月来到、魂魄附体
二子同舟，二虎共栖太阳
舔舔箭伤，太阳把门合上

1985 年 5 月

/

原载于 1985 年 5 月中国政法大学团刊《我们》编印、吴霖主编《草绿色的节日》

灯

外面的灯是蓝的
屋里的灯是黄的

外面的灯孤独地
举起一只手：
我不是坏人
我的周围
应该坐满邻居

一支蜡烛灯亮了
但不敢高声答应
因为有人说过
她的光明
无非是因为流泪的爱情

外面的灯是蓝的

屋里的灯是黄的

1985 年 5 月

/

原载于《滇池》1985 年第 6 期"探索之页"

责编：米思及

1988 年，海子在中国政法大学

坐在门槛上

坐在民歌的门槛上

自然想起

犁地

我们戴上爱情的草帽

音调的细绳子

在脖子上弄得痒痒的

太阳不说什么

把影子踩到地里

坐在诗经的门槛上

昨天夜晚

我已渡过关中小河

手握一把古代的野菜

风摆柳枝

风折柳枝

那些采薇的人们

睡在月亮的膝盖上

/

原载于《滇池》1985年第6期"探索之页"

责编：米思及

北半球

少女
是北半球的门
每扇门后
都有爱情
或多或少的爱情

我坐在我的门后
坐在自我身边
摸摸膝盖
爱你，这是我所做的
最大的事情

1985 年 3 月

褪尽羽毛

一批女孩
要铁匠打耳环
一批婴儿
走向母亲的血墙

褪尽羽毛的月亮
在人间疲惫不堪

男人，隐藏流动的
江泥
埋在船上
埋在有雨的夜里

褪尽羽毛的月亮
活在幸福的人间

送别

火车站是一棵老树

树上挂灯

树下分离

分离

摘下手套紧抓你的手

……人走了

他抱着两只手套

像抱着两头小鹿

像抱着一对

　　不会唱歌的黄鸟

走进夜深处

人迹稀少

人走了

车站广场

只有另一人

留下了八颗烟头

围成一圈

是一朵八瓣的黄花

岁月

多想，多想独自面对

老爱人的手掌

两堵暮年的墙壁

夹住我

马一样的脖子转来转去

　　好暖和呀！

一盆红色的岛屿

似乎在倾听

岛前岛后

栖落了

两只圣洁的额头如翅相触

一百年后

那脉脉一根

等我的手杖

悄然死在房间里

一百年后

相爱刚刚诞生

……岁月便是一切

路过的人呀

我请求你

不要伸手去另外摘取什么

"在头顶做巢的

也许不会飞去"

无题 1

1

滑向你
滑向你
你的庙中
有我捐出的一条小命

2

一只肩膀
两个脑袋

3

开一次门
送一次风
两只温暖神秘的鸽子
走进我手中

4

放火的失了火
失火的放了火

5

我点灯
点你红烛两根
两根喝水的火苗
对夜独泣

6

不眠的夜里
月亮染红
带电的
刀锋一样划过

7

四肢上
挂满了艰难的钟

……一座数字之坟呀!

海子在昌平中国政法大学宿舍

8

早上醒来
发现自己笨重的躯体
躺在网中央

鱼
纯洁赤裸
在爱人手中抖动

9

相爱
是鱼和鱼
抱着脖子
商量死在岸上的事情

10

······但人间曾有盟约
最先死去的
是诗人。

留下的是情人。

无题 2

1

一只徐行的水鸟
碰到我的手掌
抓住她的手掌
又变成另一只徐行的水鸟

2

小猫的头顶上一下一下的钟声

3

自从那个五月
长出了羽毛
一只又一只湿鸽子
死在家里

第一次微笑很可能是真的
因为夜里下了雨

我们的面孔

像两只鞋子

在洪水中浮起

一尾鱼划过

两尾鱼划过

他们认识了你

4

但愿它没有碰到你的痛苦

但愿它在河边

寂寞地

进入鸟蛋

5

岸，一排垒得结实的妇人

波浪

撞击后退去

6

两扇窗户

一上一下错开

两位钉着十字架的小野兽

为什么相爱

7

她爱着我
细小零乱的足迹
走过我
几盆火围着我
几只野兽围着我
我摊开双手，我说我爱她
反正我爱她
爱她是几只野兽
吃着我的种子
一次后面还有一次……

8

我痛苦地面对她
建筑我自己

几层蒙水的古陶
围着，围着
身后的房屋像烧焦的燕子
我不是不想飞
只是两条腿围着我
建筑得又心酸又美好

你的头顶上一下一下的钟声

毁了我的建筑

一次后面还有一次……

我痛苦地面对她

建筑我自己

9

……吻着

两匹红马丢失

四匹红马丢失

因为热爱

丢失了所有的少女

丢失了所有的建筑的工具

10

在回到世界之前

你只好暂时进入灾难

属于你的灾难

你不要让给别人

你要迎上前去

和它们握手

把它们一一送走

和你一起
种下灾难的人
将会微微一笑
走上前来
分享你的爱情
分享你的面孔

11

你的面孔
如新鲜的杯
在畅饮中
青草芳菲
野花四溢

12

因为夜里下了雨
第二次微笑就更真实了

母亲的身份已定
指天而定

于是用九十九张吻过的信封
生火
喂养子息

13

两条命
像两页破烂的旗子
夹着我

头顶上一盘金色莲花
深深插进我身体的泥浆

14

爱情呀，爱情

15

从今以后
十二个月的月亮
晒老了
他的脖子

古老桃树

"中国爱情是一棵桃树"

怀孕的人
像一口钟
盘坐在河边
一株桃树遮住她
像遮住一窝蜜蜂

我是你的
古老桃树

这古老桃树展开
三头白象，四枝红莲
同时进入身体
这古老桃树合拢
七简米
摆在怀孕人眼前

我是古老桃树
我同时是他的妻子

桃树为求变成女王

树冠倾倒进入月亮

"古老桃树你一共有儿女七个

古老桃树你是淹没一切的夜晚"

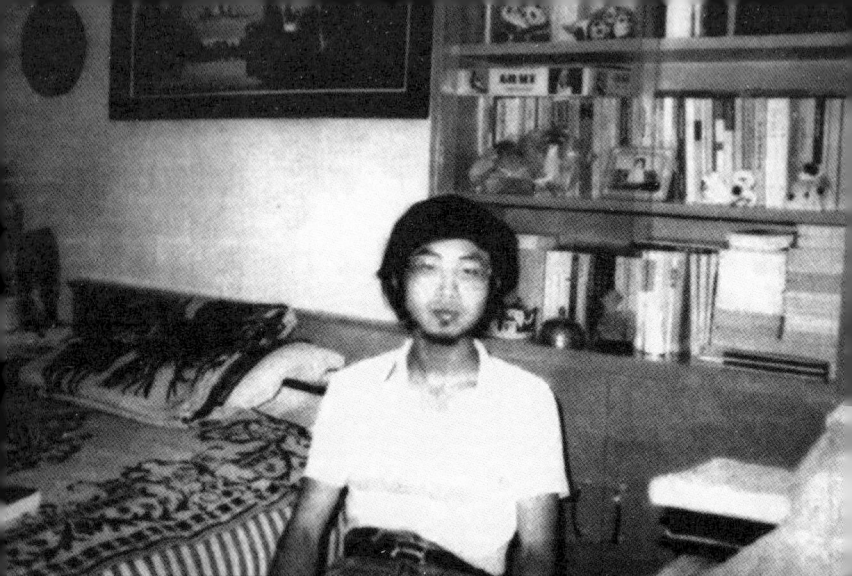

海子在中国政法大学宿舍

食果

果子像猫

哭红的眼

那天晚上房门大开

果子的积水中

有泥也有月光

吃果子就是

一人独自走过树林

我把自己埋入

秋天的肉体

空气擦破我的额顶

果核里捉到了从前

一块打碎了的手表

果核我卖掉了时间

让外面的石头

呜呜哭了许久

饮酒

呼喊数声之外

长出胡须

磨盘和一年年

来临的红高粱

不是我

又是谁在喉咙里喧响

祖先就在羊群中

双手接过

一只只饥饿的大船

放在唇边

太阳和女人捶打的

雨水和雪水洗涤的

宽阔胸膛

这时整齐地安葬下

故乡山梁

一起一伏

仿佛是水，秀美的水

护舟而来

护舟而去

舟上舟下一片白云

连累了认真生活的人们

仿佛是天空和爱情

连累了人们

仿佛你真是，果然是

面对月亮的积水

而幸福伸手可及

在孩子身外饮酒的祖先

处处躺下。合眼又合眼

而幸福伸手可及

1988 年暑假，海子在西藏

舟子

月亮落入头
大手抓头

摆摆三颗歪帽子

网呀网呀网
水手抓起刀子
切开
鱼和月亮一样
破碎而殷红
家呀家呀家
月亮并非我们思念的女人

一只猫
一只爱情养大的猫
在陆地上耸肩行进

／

以上十首原载于海子自印诗集《如一》
1985 年初夏

龙

射日的父亲
走出森林的时候
带出了一根粗树干
脖子上还绕着两条河流
他沉默地攥了一把土
走向海洋

和海神订立契约
出发了

长长的肉体
如船
驮着所有的族人

有人向海里掷去太多的词汇
有人对着晾在大陆架的那片液体
祷告着
而大洋深处
父亲和海神
面对面

他们都不喜欢黑夜

男子气使我们忍受不下去

这样，父亲用渔火

编织成海的翅膀

在许许多多的岛屿边上

挣扎着

飞出夜晚

天空的使者

海鸥

呼应着他们

一群群声音划破了最后的

黑暗

儿子们就坐在盐层上

风飘下的羽毛

做成结实的笔

迎接日出

……而你长长的肉体

如船

/

原载于《诗林》1985 年第 6 期

诗经之肥鼠

竹叶之间
五月之鼠吱吱响过

斑斑血
诗经拥着肥鼠
自我是一茎粮食

文字如汁对流
两次五月重逢之鼠
两只灰色的花朵

十个月加两个月
能减去一生的日子
生病的时间除外

诗经。那是病中的板床
老鼠在我的棉袄上
睡成灰色的孩子他妈

那是无法理解的粮店中

肥鼠在河龟的背上

流动了三叶不绝的竹筒子

/

原载于郁郁主编的 1987 年第 2 期《大陆》

中医

四肢沉睡

出入红色的燕子

肉体被缸中之树长出

被蓝色外衣盖住

纽扣是早早死去的花果

你是一杆中国的生病之树

人们不是常常说

久病成医吗？

鱼尾蛇尾都是水

清水如刀

迎面砍来

我的胃旁边一枚鲜红的草叶

上面食物喂养了宝石

/

原载于郁郁主编的 1987 年第 2 期《大陆》

妹呀

妹呀

竹子胎中的儿子
木头胎中的儿子
就是你满头秀发的新郎

妹呀

晴天的儿子
雨天的儿子
就是你常望天空的新郎

妹呀

吐出香鱼的嘴唇
航海人花园一样的嘴唇
就是你新郎的嘴唇

/

原载于《中国作家》1987年第2期"三月诗会"

责任编辑：朴康平

1988 年初夏，海子与苇岸在昌平

鸟的村庄

聚居的村庄

怜爱的村庄　鸟的村庄

村庄、粮食、小牛和五谷

村庄

村庄

有一位鸟的母亲

母亲在幸福的山梁上梳头

一个无知的念头产生

遥想众姨母年轻时光

住在鸟窠深处秀丽村庄

而今家乡寂静

清澈绝无痕迹

鸟的嘴唇听见各色小鸟纷纷筑巢

缤纷的众姊妹魂归四方

寂静的家乡，一颗不由自主的心

母亲，你听见于草仓中姐妹嘤嘤

/

原载于《诗神》1987 年第 9 期

民歌

民歌漫过

闺女的身子

窑洞里一只飘动的水葫芦瓢

沉睡不醒

民歌漫过

我的家园

果实累累

沉睡不醒

一根又粗又大的糙木头

我在天空下说话

我的足迹延伸

被鸟粪覆盖

夏天天热

爱情恐惧

高原的民歌中

打破了许多头

森林和我

又黑又深地等你

从左肩到右肩

长出了树皮

/

原载于《诗神》1987 年第 9 期

白蛇传

——怀念 75 年前丢失的一卷旧书

1

小白

你住在水中山谷

自办嫁妆，骑着

四只红色小蜡烛

一路走来，鲜血流淌的马！

2

"湖泊涌上我的村庄

小白和小青倚坐在我的床上"

3

你饱含愁怨的水滴

绚丽的水滴

来到人的村庄

田地里　财宝坐满

财宝脱下了四季不变的衣裳
那是水中美丽的白蛇和青蛇
她们深情款款，顺水而下
为报恩来到你家屋顶下

莫明的深情的蛇
你饱含愁怨的水滴
惆怅的水滴
你来到播种稻谷的宋代村庄

4

并不是我渴望人间烟火
并不是渴望田园和感伤
并不是我渴望人类贫穷的家乡
渴望稻谷和思想
我只是为了　莫明的深情
　　　　　为了　感恩并报恩
才从水底山谷一路走上
领着比我还美丽的妹妹
来到你家屋顶下

做一位人类的新娘
新娘
你感觉
你坐在篮子里

胳膊抱满鲜花

烛光摇曳

你投向我的怀抱

你把你身上美丽的蛇脱下

把你美丽的头轻轻放在水下

你仿佛满心喜悦

来做人类忧伤的新娘

/

原载于《诗神》1987年第9期

纸鸢

你不是真的
因此很高。很飘逸
比流浪客还要飘逸

你自由的程度
等于线的长度
挣脱了，也有一条未蜕化的尾巴

你以为是在放牧白云
谁知是风放牧你

总有一天
你不能拒绝土地的邀请

黄昏

是有黄昏

是有流云下汲水的村姑

是有一朵朵开在原野上小树淡紫的

微笑

只要举起你的视线

还会有雀语的秀气

还会有炊烟散后暮色的横阔。匆忙的

是天色和晚星

灯火全都兴高采烈

你也兴高采烈

往往还采取爽朗的一种姿势

伸出胳膊去

念小城

长方形是最动情的一篇短文

画在外地　　　我的指尖

流过你细细瘦瘦一座长方城

总是写着

不论旱季雨季。我这里

总有细流抱你

总有渐湿的心情默读每一片鱼鳞瓦

不，我是在背诵

　　　　第一段是童年和鸢尾筝

　　　　一块儿在你女墙下搁浅

　　　　第二段是少年和小白鸽

　　　　汛水一样逼近你的塔尖

还有风景描写呢

城里的黄梅雨一家一家染青了方砖平房

城郊的蜜蜂一年一度放出收获的油菜花

结尾照例简约

小城的人出门都会写

相思诗

/

原载于海子自印诗集《小站》第二辑

1983 年 6 月

【注】《纸鸢》《黄昏》《念小城》因与《海子诗全集》
有异，故在此收录。

附：译美国现代诗 4 首

佛罗里达筑路工

郎斯顿·休斯

郎斯顿·休斯（1902—1967）是美国现代著名黑人诗人。他的诗行很短，有一种强烈的爵士乐的节奏，这在《鼓声》里有鲜明的体现。《筑路工》既道出了黑人的心酸和愤怒，又体现了一种反讽的风格。

我修筑道路
让汽车
从上面飞驰
修筑道路
穿过矮棕榈丛
让光亮和文明
驰过

修筑道路
让富有的老白人
坐在大轿车上驰过
只剩下我站在这儿

真的

这条路帮助了我们大家
白人在路上驾车
黑人看见他们驰过
从前我可没看见
有人驾驶得这么好

喂，兄弟！
看看我
是我修筑了这条路

Florida Road Workers

by Langston Hughes

Hey, Buddy!
Look at me!

I'm makin' a road
For the cars to fly by on,
Makin' a road
Through the palmetto thicket
For light and civilization
To travel on.

I'm makin' a road
For the rich to sweep over
In their big cars
And leave me standin' here.

Sure,
A road helps everybody.
Rich folks ride —
And I get to see 'em ride.

I ain't never seen nobody
Ride so fine before.

Hey, Buddy, look!
I'm makin' a road

鼓声

郎斯顿·休斯

记住

死亡是鼓声

永远在敲响

直到最后一个可怜虫来到

回答他的呼唤

直到最后一颗星辰落下

直到再没有一粒微尘

直到时间消失

这里没有了空气

直到空间的容器

消失，消失一切

死亡是鼓声

一个预兆

呼唤一切生命

来吧！来吧！

来吧！

Drum

by Langston Hughes

Bear in mind

That death is a drum

Beating forever

Till the last worms come

To answer its call,

Till the last stars fall,

Until the last atom

Is no atom at all,

Until time is lost

And there is no air

And space itself

Is nothing nowhere,

Death is a drum,

A signal drum,

Calling life

To come!

Come!

变形

兰达尔·贾瑞尔

兰达尔·贾瑞尔（1914—1965）是二次大战后第一代重要诗人之一。战时他当过飞行员。他的感性穿透战争一直射向你。这首诗里第一节与第三节战前战后丑恶意象的对比（变形）是对战争最好的领悟。

在那儿我啐了一口海港里烂橘浮动
盐渍，湿透，他们的皮壳上穿满了孔眼
天空是黑色的那儿咖啡在燃烧
货船铁锈染红了潮水

很快地烟囱冒火通过条约
坦克低速开进了油黑的海港
锭盘是一条箱装炸弹的迷津
他们给我一个工作我每天都工作着

命令已执行，但我漂在海港的水面上
油污，膨胀，许多腮长在我的躯体上
天空永远是黑色的那儿运载的东西在燃烧
血液染红了潮水

The Metamorphoses

by Randall Jarrell

Where I spat in the harbor the oranges were bobbing
All salted and sodden, with eyes in their rinds;
The sky was all black where the coffee was burning,
And the rust of the freighters had reddened the tide.

But soon all the chimneys were burning with contracts,
The tankers rode low in the oil-black bay,
The wharves were a maze of the crated bombers,
And they gave me a job and I worked all day.

And the orders are filled; but I foat in the harbor,
All tarry and swollen, with gills in my sides,
The sky is all black where the carrier's burning,
And the blood of the transports is red on the tide.

言语

西尔维娅·帕拉斯

西尔维娅·帕拉斯（1932—1963）是"自白派"著名女诗人。她的诗是现代人悲观而敏感极端特征的见证。《言语》中言语过程虽然如斧斤砍树、投石入水的过程一样能打动惊扰一个人，但它却是没有骑手的空洞的蹄声，不能产生永久的影响，命运在人的生命中扮演了比言语更为重要的角色。因此诗人的工作是无用的。同其他几位"自白派"诗人一样，她的结局是自杀。

斧头

在砍伐中树干一声声鸣响

回声

回声散开

如一大群马匹从这里驰往远方

树汁是我的眼泪

在它流出之后

水面努力恢复平静的面孔

像镜子

映出扔进我心底的那一块石头

它落下去
变成一颗白色的头颅
在暗绿的杂草丛中生锈
多少年以后
我在路上再一次遇见他们

言语就是这些没有骑手的
空洞的马蹄声
只有
静静水潭深处那只永恒的星
支配着你的命运

Words

by Sylvia Plath

Axes
After whose stroke the wood rings,
And the echoes!
Echoes traveling
Off from the center like horses.

The sap
Wells like tears, like the
Water striving
To re-establish its mirror
Over the rock
That drops and turns,
A white skull,
Eaten by weedy greens.
Years later I
Encounter them on the road---

Words dry and riderless,
The indefatigable hoof-taps.

While

From the bottom of the pool, fixed stars

Govern a life.

/

原载于 1984 年 6 月吴霖主编《青铜浮雕·狂欢节·我》，
此为中国政法大学第一本油印诗集。

后记

拿起笔的小星星

李文子

1

欧阳江河新书《删述之余》。述还未尽，删已有余。我已修改、完善第三稿了。

海子建构，西川有功。如果说骆一禾廓清了建筑、打了地基，那么，西川夯实了基础、垒砖砌瓦，最终成就了屋宇。

我一直没去见西川。但我见过西川。我只对西川说过一句："你是火焰的中心，容我一些时间。"当然，西川巨兽般的生长性，更需要资格。

我见过骆一禾。1989 年 4 月 12 日、4 月 26 日两次。因为诗社的缘故，我坐在前排。他穿一件黑色风衣，类女人的长发别着黑色发夹。头一回人少，大概几十人；第二次较多，近 300 人。骆一禾踱着步子，口若悬河。记得一个题目是《我考虑真正的史诗——早逝的天才海子诗歌总观》。我被镇住了，确切说，在椅子上发愣。我没见过布道的牧师，但我见过作法的萨满。骆一禾在台上的讲演，确实摄人魂魄，我的同学孙国栋形容："诗一般的语言如清泉汩汩而出，仿佛看到他头顶的一圈光环。"我也差不多，我认识的海子居然被他"点石成金"，他自己金不换。

金子决定了我，决定了今天我为海子的一切。

刘广安拒绝了访问。理由简单：说尽了。然而，他为我提供资料，包括北大四年的日记。他在 1989 年 4 月 12 日的追思会上宣读过一篇《痛悼海子文》，说到死因和评价：

"海生的诗将是中国诗史上的一个可望而不可及的奇峰。海生将不只是一个时代的诗人，而是一个世纪的诗人；将不只是一个中国的诗人，而是一个世界的诗人。他的名字在世界诗史上，将会与拜伦、雪莱、莱蒙托夫同列。海生的死因将是一个永远的谜！殉情乎？殉诗乎？殉难乎？殉道乎？其后识者再察之。"

这就是1989，强力诗人和他身边的人。这就是八十年代，时代和时代的人们。

诗人处理时代，身边的人处理他。

西川写有《我们时代的神话：海子》，更撰有《海子，一颗亮得发黑的太阳》《30年，海子究竟哪块把大家点着了》。海子张力巨大。无论经典化入史还是大众化传播，无论研究还是消费，海子立住了，完成了，人们的热爱不曾止息。

海子成为符号，成为现象，成为理解八十年代乃至二十世纪中国的钥匙。接受史即思想史，海子作为文化样本，其所包含的人生意义、审美意义和诗学意义足够丰赡。其对时代的勘定和总体性概括，也成为一首大诗，一个传奇。

2

海子无法归类。

他的《诗学：一份提纲》，试图在诗歌与历史、诗歌与哲学、诗歌与文化间展开对话。其中见解，光芒闪射。

海子不同于一般意义的诗人，他的理论素养极好，他在中国政法大学有一段法治的科研工作，也有新方法论的教学。他在法学和美学方面的修读，使他侧身"立法"诗人、观念诗人。

海子的写作出离现代性。他虽然类同 1980 年代的诗人，对诗歌本体论表现出兴趣，注重语言和形式的创新，但他的想象力，不唯象征、意象和超现实的隐喻。他的诗，是身体里流淌的，是直觉之诗、本能之诗。

海子的全部作品，不到 60 万字。

长诗部分，只有《土地》是完整的。他曾说，中国真正写出土地的人没有。于是，他写了："腥膻是土地的气味"（《黑森林——给渠炜》），"血日头／抱住土地"（《日落》）……海子以寓言呈现命运，他的哀歌与颂歌，与华夏土地息息相关，堪为东方农业社会的绝唱。

诗剧《弑》也较完整。这部作品连同此前的小说，汇成人类关于灾难必然性的描述。浪漫主义从来不是海子的内核，理解他需要内嵌于生存的感受力。

海子的信奉七七八八。他给我们上课时就讲过道教，讲过喇嘛，还讲气功和纯正的科学。他的数理非常好，他甚至说"数学是一切的哲学"。他的"末日"体会也是天才的。历史在眼前消退，在明天消失，他更早预知了发生。

海子的短诗，广受欢迎。而他在《日记》中写："抒情的一切，无非是为了那个唯一的人，心中的人，B，劳拉或别人，或贝亚德。她无比美丽，尤其纯洁，够得上诗的称呼。"

西川赞赏那些"匿名性"的内容。他说:"海子如没有《土地》或《弑》,那些抒情短诗会显得有点脚底下不牢靠。"

海子的短诗是练笔,"我写长诗总是迫不得已"。

这是海子的自白,也是他的成就所在。

海子关于母亲的书写,关于正义,关于桃花,也是独特的。譬如母亲和语言的关系,譬如罪与仇,譬如桃花与中国式隐遁。

海子的语词,不同时段有不同的偏爱:比如早期,"嘴唇""村庄""野花""灯";晚期,"沙漠""石头""火"……阶段特征非常明显。

他诗里的歧义、多义,所在多有。细读海子全部的诗,他的转换能力一流。从古典到现代,从东方到西方,即便这本《海子佚诗》,亦能析出不止于诗的奥义。

3

海子是当代的。三十多年的接受史表明，海子的诗具有"先锋"性。这种先锋性，一方面源自他的古典阅读，另一方面基于历史和未来的指涉。过去，有批评说海子"缺乏现实感"；事实是，海子的诗足够当下，深具"当代性"。

"当代性"在近年的讨论趋向滥觞。我的理解简单，即全方位的敞开。敞开意味着公共性，意味着互动，意味着有效性。海子的观念里不乏创造，我这里撷取一段他给我们诗社的《刊首寄语》：

你们拿起笔来了。

你们自信而默默地燃烧着，用你们纯净的灵魂。你们对着阳光大声宣告："我是春的生命。"

生活不是一种肤浅的堆积，也不是一场时间的游戏。总有一些闪闪发光的东西在前边照亮我们大家。

要不，为什么活着？

我想，这大海，秋天的土地，还有天空，都是我们生存的依托，是我们的根基。我们不认为个体的生命是暂时的现实。我们集合成不朽。我们的存在价值由土地天空大海等巨大的物质实体来证明。

我，作为人来到世界上，世界就只能是谓语。

这是 1984 年 11 月。文章题目《太阳和心出自同样的物质》。

海子的及物和自觉，体现在他对汤因比、斯宾格勒以及维柯的阅读上。他提炼诗性而不是诗意，他关注文质而不是文体，他沉潜在民族的深处，努力与世界达成同构。

我 1991 年开始海子资料的收集，跟踪检索，孜孜矻矻。先后三次到访海子的老家，与中国政法大学的关系人保持对话。我私下认为，海子的研究还很不够。特别是创作背景、交游读书、活动场域，多着墨家乡和北大。因此，对于我熟悉的海子老师、他任教五年半之久的中国政法大学，我意在某种打捞。

海子需要历时性考察。他的早期诗歌多与民歌、爱情有关。他翻译过兰斯顿·休斯、兰达尔·贾雷尔、西尔维娅·普拉斯。虽然只有四首，广阔与博杂立现。我尽可能找到了英文原诗。

"一根红色的铜丝把灯引到那里"，我把海子还给海子。

我相信，人们会更多了解他。他的问题意识，他的文明使命，他鲜活了中国人的文化心灵。

他称法大诗社社员"小星星"，星星们很痛苦。

编者简介

李文子　1968 年生，辽宁沈阳人。1986—1990 年就读于中国政法大学政治系。海子学生，中国政法大学校园诗人。先后在能源部、《北京青年》周刊、北京电视台工作，后留学美国，归国后创办北京四分之三画廊。中欧工商学院、香港中文大学、哈佛大学肯尼迪政府学院访问学者。

图书在版编目（CIP）数据

但人间曾有盟约：海子佚诗 / 李文子编. -- 北京：
中国文联出版社，2024.3
　ISBN 978-7-5190-5490-8

Ⅰ. ①但… Ⅱ. ①李… Ⅲ. ①诗集－中国－当代
Ⅳ. ①I227

中国国家版本馆CIP数据核字(2024)第056852号

编　　者：李文子
责任编辑：曹艺凡
责任校对：郁娜
装帧设计：孙初　申祺

出版发行：中国文联出版社有限公司
社　　址：北京市朝阳区农展馆南里10号
邮　　编：100125
电　　话：010-85923025（发行部）　　010-85923091（总编室）
经　　销：全国新华书店等
印　　刷：北京精彩世纪印刷科技有限公司

开　　本：850毫米×1168毫米　1/32
印　　张：5
字　　数：99千字
版　　次：2024年3月第1版第1次印刷
定　　价：58.00元